बेटी का दहेज

(पंजाबी कहानियां)

कुलवन्त सिंह विर्क

© Kulwant Singh Virk

Beti Ka Dahej *(Short Stories)*

By: Kulwant Singh Virk

Edition: October '2025

Publisher :

Taemeer Publications LLC (Michigan, USA / Hyderabad, India)

ISBN 978-93-6908-698-6

किताब	:	**बेटी का दहेज**
संकलित	:	कुलवन्त सिंह विर्क
रचना-पद्धति	:	फ़िक्शन
प्रकाशन वर्ष	:	2025
पृष्ठ	:	70
कवर डिज़ाइन	:	ता'मीर वेब डिज़ाइन

विषय-सूची

(1) नमस्कार

जब दूसरा महायुद्ध शुरू हुआ, तब हम विद्यालयों में पढ़ रहे या पढ़ चुके बहुत से लड़के फौज में भर्ती हो गए। जिसको भी दोनों आँखों से दीखता था और दसवीं पास था, वह लेफ्टीनेंट बनने के लिए प्रार्थना पत्र दे सकता था। प्रार्थना पत्र देने के बाद लड़के अंग्रेजी बोलना सीखते, क्योंकि भर्ती के लिए साक्षात्कार के समय बातचीत अंग्रेजी में ही होती। साथ ही बनना-ठनना भी सीखते, ताकि वह बड़े-बड़े खानदानों से ही इस दुनिया में आए हुए दिखें।

स्तालिन और हिटलर, जो मोची आदि किस्म के आदमी थे, के संसार में प्रकट होने के पीछे भी अभी यह विचार आम था कि अंग्रेज केवल खाते-पीते हिन्दुस्तानियों को ही अफसरी के योग्य समझते हैं। इस आपत्ति के समय अंग्रेजों को इस तरह से वर्गीकरण करने की फुर्सत नहीं थी ! खासकर जब हिन्दुस्तान में भर्ती के समय उनका काम ठीक चल रहा था। जिन हजारों हिन्दुस्तानियों को उन्होंने लेफ्टीनेंट बनाया उनमें मैं भी था।

यह कोई ऊँची बात नहीं लगती थी, क्योंकि दाहिने-बाएँ सभी लड़के लेफ्टीनेंट बन रहे थे। गाँव-गाँव से गए लेफ्टीनेंट बन गये थे। प्रशिक्षण वाली जगह (जिसे ऑफिसर ट्रेनिंग स्कूल कहते थे) जाकर तो ऐसा लगा जैसे सारी फौज लेफ्टीनेंटों की होगी, सिपाही कोई नहीं होंगे।

पर प्रशिक्षण के बाद यूनिटों में जाकर पता लगा कि हिन्दुस्तानी फौज में भी हिन्दुस्तानी अफसर आटे में नमक के बराबर ही हैं। आम यूनिटों में तीस-पैंतीस अफसरों में दो-तीन ही होते और शेष अंग्रेज ! बड़ा अफसर तो कोई हिन्दुस्तानी था ही नहीं। यद्यपि हमारा वेतन, अधिकार और अफसरी मे कोई फर्क नहीं था, खाना-पीना और सोना-बैठना भी साथ था पर फिर भी न अंग्रेज हमें अपने बराबर का समझते थे

और न हम अपने को उनके बराबर का। किसी गोरे सिपाही का नम्रतापूर्वक नमस्कार करना या किसी अंग्रेज नर्स का प्यार से बातें करना हमारे लिए स्वर्ग जैसी बात थी। इस असमानता की हालत के लिए न वे पूरे कसूरवार थे न हम ही। डेढ़ सौ साल से हालात ही ऐसे थे। इस कुदरती फर्क का उस

समय संकेत यह था कि हम तो अपनी फौजी नौकरी को परमात्मा और सरकार की एक बड़ी बख्शीश समझते थे

और इसका किसी तरह पक्का हो जाना हमारा एक सुन्दर सपना था, पर अंग्रेज जबरी-भर्ती में आये हुए थे। और इस प्रतीक्षा में रहते थे कि कब लड़ाई खत्म हो और कब फौजी नौकरी से छुट्टी मिले। वैसे उनमें से कई बहुत अच्छे आदमी थे, पर हमारी और उनकी कोई दिली निकटी नहीं बनती। हम साथ-साथ शराब पीते, औरतों की, अपने देश के रिवाजों की, धर्मों की और बोली की झूठी-सच्ची बातें करते और हँसते-हँसते आकर सो जाते। कभी किसी अंग्रेज ने यह भी नहीं कहा था कि अगर तू छुट्टी लेकर जा रहा है तो मैं भी तेरे साथ छुट्टी लेकर गाँव चलता हूँ।

हाँ, एक अंग्रेज अफसर था जो दूसरों की अपेक्षा हममें ज्यादा रमता था। उसका नाम मिलिंग्टन था।

मिलिंग्टन कैम्ब्रिज विश्वविद्यालय में पढ़ते-पढ़ते आया था। धर्म और दर्शन का विद्यार्थी था। बहुत सीधा-सा दिखता था। उसकी आँखों में सदा प्यार जैसा, एक स्नेह रहता था। जिसके कारण उसके पास

बैठने को बड़ा जी करता था। अंग्रेज अफसरों में वह बहुत अच्छा नहीं गिना जाता था।

मैस में बहुत बोलता नहीं था। परेड में बहुत चुस्ती का प्रभाव नहीं देता था। पर उसे घटिया अफसर भी नहीं गिना जाता था। वास्तव में जो अंग्रेज अफसर सुबह तड़के उठकर दाढ़ी बनाकर परेड पर आ जाए और उल्टा-सीधा डग मार ले, उसे घटिया नहीं गिना जाता था। पर और अंग्रेज अफसर इस तरह चलते-फिरते थे जैसे सौ-सौ मील तक उनकी तरह का कोई आदमी न हो।

ड्यूटी से फारिग होकर वह हिन्दुस्तानी कपड़े पहन लेता, पठानों वाली सलवार, कमीज और सिर पर कल्लेदार पगड़ी। अपने बैरे से हिन्दुस्तानी में बातचीत करता, उसको अंग्रेजी सिखाने की जगह स्वयं उससे हिन्दुस्तानी सीखता रहता। भारतीय सभ्यता पर उसके पास कई किताबें थीं। मैं उसको कभी कोई नई बात नहीं बता पाता। उसको पहले से ही पता होता था। मेरे मुँह से बात सुनने की जगह वह मेरे अन्तर्मन की टोह लेता रहता।

हम बगैर बात किए भी कितनी देर तक बैठे रहते। छुट्टी वाले दिन शिकार खेलते-खेलते हम

गाँवों में जा धँसते और वह मेरी मार्फत लोगों से बातें करता रहता और उनके घर-घाट देखता फिरता। आम कपड़े पहनकर हम शाहजहाँ के बाजारों में घूमते-फिरते। लखनऊ की तवायफों से गाने सुनते और उनका नृत्य देखते रहते।

जिस तरह फौजी अफसरों की कोठियाँ उसकी दुनिया थी और मैं केवल एक आमंत्रित या अनामंत्रित मेहमान था, इसी तरह यह बाजार मेरी दुनिया थे।

पर यहाँ वह मुझसे अधिक स्वाद ले सकता था। उसको हिन्दुस्तानी नृत्य और संगीत का अच्छा खासा ज्ञान हो गया था। मैं तो ऐलान हुए बिना यह भी नहीं बता सकता था कि ठुमरी गायी जा रही है या दादरा। बरेली में हम प्राईवेट तवायफों के घर जाते, उनके बिस्तरों पर बैठकर वह एक बच्चे की तरह उनसे बातें करता रहता। वहाँ से उठकर वह उनके घरों के बाहर बैठा या टहलता रहता, यह देखता रहता कि कौन लोग आते हैं। क्या बातें करते हैं ?

ऐसा लगता था कि जैसे अंग्रेजी राज्य के लिए देश को बचाने के निमित्त आए, उसको इस देश से

स्नेह हो गया हो। अपनी नौकरी बजाने की जगह वह अधिकतर भारत की आत्मा की टोह में था। एक बार मोटर में अलमोड़ा जाते हुए रास्ते में बहुत सुन्दर पहाड़ी दृश्य आये। वह मुग्ध देखता रहा और फिर उसने हाथ जोड़कर सिर झुका दिया।

"तू किसको नमस्कार कर रहा है ?" मैंने पूछा।

"पता नहीं किसको, पर मेरा जी किया था।" उसने कहा।

उसी यूनिट में से ही मुझे फौज से छुट्टी मिल गयी।

जब मैं नौकरी छोड़कर आने लगा तब मिलिंग्टन से भी विदा लेनी थी।

"यहाँ से छुट्टी पाकर मैं अपने देश चला जाऊँगा।" उसने कहा। "अगर तू कभी उधर आया तो चिट्ठी लिखना। मैं तुझसे मिलूँगा। मेरा स्थायी पता ग्रेण्डल बैंक, लन्दन है। मेरा खाता उनके ही यहाँ है। मैं जहाँ भी होऊँ उनको मेरा पता रहता है। हर पत्र वह मुझे वहीं भेज देते हैं। यह बहुत सीधा और आसान पता है। अब तुझे पता न देने का मेरे पास कोई बहाना नहीं हो सकता।"

"मुझे अगले कुछ सालों तक इंग्लैंड जा सकने

की कोई आशा नहीं है।"

मैंने कहा, "उसके बाद शायद मेरा जी जाने को न करे। इसलिए इस पते का कोई इस्तेमाल मैं नहीं कर सकूँगा। इस मुलाकात को तू आखिरी मुलाकात समझ।"

"नहीं-नहीं। क्या पता आखिरी हो। दुनिया बहुत छोटी हो गई है। शायद मैं ही कभी इधर आ जाऊँ। तू मुझे अपना स्थायी पता लिख दे।"

एक कागज पर मैंने अपना नाम, गाँव, डाकखाना और जिला लिखकर उसके हाथ में पकड़ा दिया।

यह पक्का करने के लिए कि वह सारे अक्षर पढ़ सकता है, उसने शुरू से पढ़कर देखा।

"यह तेरा स्थायी पता है ?" उसने पूछा। वह मेरे गाँव को इंग्लैंड के एक बड़े बैंक से कम स्थायी समझता था।

"हाँ, अनगिनत सदियों से मेरे पुरखों का यही पता रहा है, तेरी उम्र तो अभी भुगता ही जाएगा।" मैंने गर्व से कहा।

उसने मेरी बात सुनी और खड़े-खड़े ही सिर झुका दिया।

"तू ने किसे नमस्कार किया है ?"

"पता नहीं, मेरा जी किया था।"

"नहीं, तुझे पता है। तूने मुझे नमस्कार किया है।"

"नहीं, बिल्कुल नहीं। मैं प्राणियों को इस तरह नमस्कार नहीं करता। तेरे जाते समय मैं तुझे बड़े अफसर वाला सैल्यूट मारूँगा।"

मैं उससे कुछ समय पहले भर्ती हुआ था।

इसके कुछ समय बाद अंग्रेजी राज्य खत्म हो गया। हिन्दुस्तान आजाद हो गया। विदेशों में तरह-तरह की बातें हुईं। किसी ने कहा डूब जाएगा, टुकड़े हो कर खत्म हो जाएगा। किसी और ने कहा, अभी आजाद हुआ ही नहीं है, भुलावा है, छल है। कई कहते बात इसके बीच-बीच की है। नया जन्मा भारत धीर-धीरे घिसटने लगा है।

यह आशा बँधने लगी है कि किसी दिन उठ कर यह खड़ा हो जाएगा और चलकर या दौड़कर दूसरे बड़े देशों के साथ जा मिलेगा। कैसे काम हो रहा है ? इतनी करोड़ों की आबादी के साथ कैसे बीत रही है ? यह सब देखने के लिए कई लोग विदेशों से आते कुछ यह देखने आते कि दुनिया के दो बड़े धड़ों के बीच यह किसके साथ मिलेगा, जैसे जाटों के दो धड़े

किसी जनानी से बयान करवाने के लिए किरपान खींचे कचहरी से बाहर फिरते रहते हैं।

कुछ वर्ष और बीत गए। एक दिन मेरी माँ ने कहा कि एक बाहरी जैसे टिकट वाली चिट्ठी आई है। मैंने चिट्ठी देखी। उसपर अंग्रेजी की मल्लिका की मोहर थी। टिकट पर इनके पिता की सूरत को मेरी माँ बाहरी नहीं मानती थी, पर इसकी सूरत इसे बाहरी लगी। चलो कुछ तो फर्क है न। मैंने सोचा। चिट्ठी खोली।

मिलिंग्टन की थी। वह भारत आ रहा था। वहीं बैठे-बैठे उसने दिल्ली के होटल में अपना कमरा ले लिया था और मुझे उस होटल में मिलने के लिए लिखा था।

मैं दिल्ली गया। मिलिंग्टन को पहचानना मुश्किल नहीं था। उसके पहले की तरह ही छोटी-छोटी मूछें थीं और वह पहले की तरह ही भूरी थीं।

"चल, तेरे पंजाब चलें।" उसने कहा।

"क्यों, दिल्ली पसन्द नहीं आई ?" मैंने पूछा।

"पसन्द, न पसन्द का सवाल नहीं है। यह मेरी पकड़ में नहीं आ रही है। कोई दाना हाथ में नहीं आता, जिसको देखकर इस दाल का पता लगे। मैं

नये भारत की नब्ज देखना चाहता हूँ।" उसने अखबारी अंदाज में कहा।

"पंजाब में दो ही जगहें बहुत नई गिनी जाती हैं, एक भाखड़ा नांगल और दूसरी चण्डीगढ़।" मैं टूरिस्ट गाइड की तरह बोला।

"इन दो विषय में मैंने सुना है, पर मैं यह देखने यहाँ नहीं आया हूँ। यह तो उस तरह भी बन सकते थे।"

"फिर मैं तुझे क्या दिखाऊँ ?"

"बस तू मुझे घुमाए फिर शायद मेरे पल्ले कुछ पड़ जाए।'

मैं उसे पंजाब ले आया और हम जगह-जगह घूमने लगे।

एक दिन जरनैली सड़क पर चलते चले जा रहे थे। चौरस्ते के बीच बने चबूतरे पर वह खड़ी थी। यदि किसी ने कभी कोई शहजादी चौराहे पर खड़ी देखी हो तो वह इस तरह की ही लगती होगी। अगर शहजादी इतनी सुन्दर और लम्बी नहीं होगी तो और कौन होगी ? वह बड़े फब्ते कपड़े पहने हुए थी। शोख भी कहे जा सकते थे।

हर गुजरते हुए का ध्यान खींच रही थी, पर

उसका अपना ध्यान इस ओर नहीं था। वह बड़े गौर से सड़क पर आते किसी को खोज रही थी। ऐसा लगता था जैसे आंखों की राह ही सांस ले रही हो। जब हम उसकी नजरों में आये तो मुझे पहचानकर वह मुस्कराई। मेरा विचार है कि मिलिंग्टन भी मेरी तरह उसे देख रहा था। यद्यपि हमने उसके बारे में कोई बात नहीं की थी।

"तू इसको जानता है ?" मिलिंग्टन ने एकदम कान खड़े करके पूछा।

"हाँ, यह तो दीखता ही है।"

"कौन है ?"

"डॉक्टर है। इसने मेरे बच्चे का इलाज किया था। तभी से परिचित है।"

"मैं इसके साथ बातें करना चाहता हूँ।"

"मैं भी। क्योंकि जब मैंने पहले देखा था उससे अब उसके चेहरे पर बड़ी रौनक है, या शोखी है।"

उसके पास जाकर हम दोनों भी चबूतरे पर चढ़ गए। आस-पास ट्रैफिक घूम रहा था। लोग आ जा रहे थे। मिलिंग्टन से परिचय कराने के बाद मैंने पूछा, "यहाँ क्या कर रही हो ?"

"कुछ विशेष तो नहीं। किसी की बाट जोह रही

थी, पर अब वह आता नहीं लगता है।"

"चलो फिर कॉफी पिएँ।"

"चलो।"

हम एक होटल में चले गए।

"सुनाओ, तुम्हारी डॉक्टरी कैसी चल रही है ?" मैंने मिलिंग्टन की ओर से उसे अंग्रेजी में खरोचना शुरू किया।

"डॉक्टरी ? ठीक है। पर एक बात हुई है। शहर छोड़कर इस गाँव में आ धसी हूँ।" फिर उसने स्पष्ट किया, "मैं अब बस अपने ही इलाके में फिरती रहती हूँ, जहाँ की मैं बेटी हूँ।"

"क्यों, शहर को क्यों खराब समझने लगी हो ?"

वहाँ कुछ मशीनी जैसा काम लगता था। डॉक्टर बस रोग हटाने की एक मशीन है। पैसे दो, रोग हटवा लो। फर्क समझते हो न ? वैसे बारीक-सा है। ऐसा लगता था जैसे किसी का मेरे साथ वास्ता नहीं पड़ता, मेरे काम के साथ पड़ता है।"

"पर बीमार को तो डॉक्टर की जरूरत है, तेरी नहीं।"

"मान लिया। पर वहाँ बात और ही है।" फिर उसने कुछ नम्रता से और मखौल के साथ मिलिंग्टन

से कहा, "मैं एक परकटी उड़ा लूँ ?"

मिलिंग्टन स्नेह से उसकी ओर देखकर मुस्कुराया। जैसे कह रहा हो, "जो कुछ कहोगी तौलकर ही कहोगी। परकटी नहीं उड़ायगी।"

"कभी-कभी तो मुझे इस तरह लगता है जैसे मैं अपने गाँव में अपने तरीके से फिर कर वहाँ की औरतों में जान डाल रही होऊँ। जैसे उनके लिए जीने की राह खोल रही होऊँ।"

मुझे उसकी हँसी धुँधली जैसी लगी। वह अपनी हस्ती से ही औरतों को आजादी दिलाने का अनुभव कर रही थी। यह गलतफहमी हटाने के लिए मैंने कहा, "पता नहीं तेरे वाले पल्ले का पड़ा हूँ कि नहीं, पर यदि हीर अपना किस्सा लिखवाकर और जन-जन के मुँह से गवाकर अन्य औरतों का रास्ता न खोल सकी तो तू घूम फिर कर ही कैसे खोल देगी।"

"नहीं, वह बात और है।" उसने झट से कहा, "आदर मरी हुई हीर का ही हुआ है।

जीवित हीर का कहीं कोई आदर नहीं था। मरने के बाद आदर मिलने के कारण किसी जीवित स्त्री का कोई आदर नहीं हो सकता। मेरे पद के कारण और मेरे कार्य के लाभ होने के कारण मेरे जीवित

का आदर है, और स्त्रियाँ इसमें जीवित रहते हुए ही भागीदार हो सकती हैं।"

"पर सभी तो डॉक्टर नहीं हैं। वे किस तरह हिस्सेदार हो सकती हैं ?" मिलिंग्टन ने दलील का एक सिरा अपने हाथ में पकड़ लिया।

"तुम अंग्रेजों के लिए यह आश्चर्यजनक बात होगी। पर यहाँ सही है। जब एक स्त्री जहाँ चाहे फिरती है, जिस तरह के चाहे कपड़े पहनती है, जो कुछ चाहे करती है और फिर भी समादरित होती है तो यह बात लोगों के मन में बैठ जाती है। उनकी एक लड़की उच्च शिक्षा प्राप्त है, जिसको लेकर वह उनकी भलाई के लिए गाँव-गाँव डोल रही है, तो फिर उससे बढ़कर आदरणीय कौन है ? मेरी सूरत इलाके के हर व्यक्ति और हर स्त्री के सामने है।

दूसरी स्त्रियों को किस प्रकार का जीवन मिलना चाहिए यह सीखने में, मैं कहती हूँ, मेरी इस सूरत का हिस्सा है।"

मिलिंग्टन चुप हो गया और सीधे होटल के सामने की दीवार को देखता रह गया। वह शायद उसे अपने गाँवों में विचरती हुई देख रहा था, कभी साइकिल पर, कभी ताँगे पर। किसी तरह गाँव के

बूढ़े निवासियों के लिए वह एक आदर्शमय स्त्री की मूर्ति थी।

"ओह ! मैंने कितनी गप्पें मारी हैं कोई शर्म हम हिन्दुस्तानियों के पास नहीं फटकती।"

उसने मिलिंग्टन को अपने साथ उलझे हुए अनुभव करके कहा। "अच्छा, अब मुझे आज्ञा दीजिए। आज आपने मुझसे न जाने किस तरह की बातें करवाई हैं।" उसने उठकर खड़े होते हुए मुझसे कहा। होटल के वरांडे में आकर हमने उसे विदा दी।

जब वह कुछ दूर चली गयी तब मिलिंग्टन ने फिर पहले की तरह हाथ जोड़कर सिर झुकाया।

"तूने किसको नमस्कार किया है ?" मैंने पूछा।

"उस स्त्री को।"

"तू तो कहता था कि तू किसी प्राणी को इस प्रकार नमस्कार नहीं करता है।"

"नहीं, यह कोई अकेला प्राणी नहीं है। यह तो एक लहर की तरह है, एक हवा है, एक रंग है। असल में यही तुम्हारा नया भारत है।

(अनुवाद : घनश्याम रंजन)

***

(2) घास

अभी पाकिस्तान बने हुए तीन या चार महीने ही हुए थे। यहां हर चीज उखड़ी-उखड़ी-सी प्रतीत होती थी। थानों और पुलिस चौकियों में सामान के ढेर लगे हुए थे। ट्रंक, पलंग, पलने, मेज, सोफासेट, तस्वीरें सभी अपनी-अपनी जगह से उखड़कर थानों में आ गयी थीं। पलनों और तसवीरों का थाने में क्या काम? किसी समय घरों में इनकी खास जगह बनी हुई होगी। उस समय गृहस्वामियों का यह खयाल होगा कि यदि ये सब उस खास जगह के अलावा किसी और जगह पर रखे जाएं तो बहुत बुरे लगेंगे। पर इस समय ये सब एक ही ढेर में पड़े हुए थे। घरों के बर्तन, आलमारियां रसोई घर और परछतियों में से निकलकर सरकारी दंफ्तरों के सामने पड़ी हुई थीं। इनको कभी किसी ने मांजा नहीं, चमकाया नहीं, गिना भी नहीं था। किसी स्त्री का हाथ लगे भी महीनों बीत गये थे। पाकिस्तान में हर चीज उखड़ी-उखड़ी थी। कई घरों में अपनी नांद से उखड़े हुए जानवर भी थे। सहमी हुई नंजरों से वे

अपने आसपास देखते और अनजान जगह पर डरते-डरते पांव रखते थे। इस उथल-पुथल में केवल धरती ही अपनी जगह पर टिकी हुई थी और इस घरती पर अनेकों शरणार्थी मारे-मारे फिरते थे। वाह्गा कैंप से इन्हें आगे ठेल दिया जाता था और फिर ये शरणार्थी एक जिले से दूसरे जिले और एक गांव से दूसरे गांव जमीन की खोज में डोलने लगते।

शरणार्थी तो शरणार्थी, पुराने निवासी भी उखड़े हुए थे। बिरादरी वालों की बिरादरियां टूट गयी थीं और यारों के यार छूट गये थे। मजदूरों के मिल मालिक चले गये थे, मिल मालिकों के मंजदूर। इन सबकी जगह नए लोग आ गये थे। कैसे थे ये नए लोग मैले और बौराए हुए। पुराने लोगों में घुल-मिल नहीं सकते थे। 'असलामालेकुम' कहकर बातचीत नहीं करते थे। बुलाओ तो बोलते नहीं थे। इन लोगों ने तो गा/वों की नीवें हिला दी थीं। पुराने निवासियों को अपने गांव पराये-से लगे थे क्योंकि वे गांव जिनमें वे जन्मे-पले थे अब पहले जैसे नहीं रह गये थे। उनकी हवेलियों के पास से गुजरती नहरें-सड़कें भी बेगानी हो गयी थीं। वे यहां वुजू नहीं कर सकते थे। कई दिन तक इन नहरों में पानी लाल रंग का

आता रहा था। कई साबुत लाशें और कइयों की टांगे-बांहें बहकर आती रही थीं। फिर इस पानी से वुजू़ कैसे हो सकता था! वे लोग तो अनजानों को भी इन नहरों में नहाने से मना कर देते थे। असल में हर चीज उलट-पुलट गयी थी और अपनी पुरानी हालत में आने का यत्न कर रही थी। प्रत्येक वस्तु अपनी-अपनी जगह में अड़ने की कोशिश कर रही थी। हर चीज पुनर्स्थापन चाहती थी।

"मुल्क तो तबाह हो गया है।" एक नौजवान जाट ने अपने इर्द-गिर्द बरदारी देखकर अपने बूढे पिता से कहा।

"हो तो सचमुच गया है पर, देख! जब लोग अपनी-अपनी जगह पर टिक जाएंगे, सब ठीक हो जाएगा।"

"यह सब तो बातें हैं, टिक ये बेचारे कहां जाएंगे? ये तो रोटी का टुकड़ा उठाकर भी अपने मु/ह में नहीं डाल सकते।"

"नहीं रे पगले! ऐसे ही लगता है। यह देखो! घास उगती है ना खेतों में; जब हम हल चलाते हैं तो उसके साथ कोई कसर उठा नहीं रखते। पूरी जड़ से उखाड़कर खेत से बाहर फेंक दी जाती है। परन्तु दस

दिन बाद फिर कोई-न-कोई जड़ फूट पड़ती है और एक महीने के बाद ऐसा लगता है जैसे किसी ने खेत की जुताई की ही नहीं।"

असल में इस बूढ़े की बात में कुछ-कुछ सच्चाई दिखाई दे रही थी। जिन लोगों को कुछ जमीन मिल जाती थी वे कुछ टिक-से जाते थे। अस्थायी अलॉट हुए खेत उन्हें धीरज देते थे। अपने नए बाड़ों के पास वे छोटे-छोटे गड्ढे खोदकर इनमें कंडों की आग जलाए रखते थे। जब भी मन करता हुक्के में भरकर इकट्ठे बैठकर पीते थे। धीरे-धीरे इनकी भैंसों का भय भी चला गया। बाड़ों के अन्दर वे पेड़ों की टहनियों से अपनी गर्दन पर खुजली करतीं और कभी-कभी मस्ती में अपने शरीर को बाड़े की दीवारों के साथ घिसने लगती थीं। जब तहसीलदार या कोई और अफसर इन लोगों के गांव में आता तो उनमें से कुछ अपने-आपको पंच जाहिर करने का प्रयत्न करते थे। गांव के साझे दुःख-तकलीफ तहसीलदार को बताते और सब लोगों का प्रतिनिधित्व करके अपनी लीडरी की जड़ जमाते थे। साधारण-सी बातों से जैसे और लोगों को पीछे बैठाकर 'सिर्फ एक आदमी बोले,' कहकर अफसर को हुक्का-पानी पूछकर वह उसका

ध्यान अपनी ओर खींचते थे। यह बातें बताती थीं कि समय की मार ने भी उन्हें, उनके मूल रूप को बदल नहीं था।

इस तरह उजड़ रहे, बस रहे, पाकिस्तान में मैं भारत सरकार की ओर से लेंजान अफसर नियुक्त हुआ।

मेरा काम जोर-जबरदस्ती से भगाई गयी स्त्रियों और जबरन मुसलमान बनाए गये परिवारों को वापस हिन्दुस्तान पहुंचाना था। हिंदुस्तानी फौंज का एक दस्ता और पाकिस्तान स्पेशल पुलिस के कुछ सिपाही मेरी सहायता के लिए थे।

खोयी हुई अन्य चीजों की तरह लड़कियों को ढूंढने का काम कठिन भी था और आसान थी। कभी-कभी तो कोई लड़की थोड़ी मेहनत से ही मिल जाती थी। और कभी-कभी बहुत ढूंढने पर भी नहीं मिलती थी। पाकिस्तान पुलिस के सिपाही उनके लौटने मेंवे इस बरामद करना कहते थेथोड़ी-बहुत सहायता कर देते थे परन्तु खुद पता कम ही लगाते थे। फिर भी जब कभी वह साथ चल पड़ते तो काम बहुत आसान हो जाता था।

जिस समय की यह बात है उस समय उस क्षेत्र

का थानेदार न केवल मेरे साथ ही गया बल्कि भगायी गयी स्त्री का पता भी उसी ने बताया। उसने यह भी बताया कि वह उसी थाने के एक गांव के नम्बरदार की पुत्रवधू थी। जिस गांव हमें जाना था वह पक्की सड़क से बहुत दूर था। बहुत देर तक हम कच्ची सड़कों और पगडंडियों में भटकते रहे। जब हम गांव पहुँचे तो वहां चौधरी थानेदार के स्वागत के लिए इकट्ठे हो गये। पाकिस्तान में उस समय सरकार का बहुत रोब था। थानेदार ने उस औरत का पता पूछा तो उन चौधरियों ने झट से एक मकान दिखा दिया। यह छोटा-सा मकान बड़ी-सी बाड़ के एक सिरे पर बना हुआ था। थानेदार तथा अन्य लोग बाहर ही रहे। मैं अन्दर चला गया। वह लगभग तीन चारपाइयों का कमरा था। एक तरफ लकड़ी की परछत्ती पर थोड़े-से गिलास-कटोरियां और थालियां रखी हुई थीं। कमरे के एक कोने में कुछ बिस्तर और थोड़-बहुत सामान भी था। वह स्त्री चारपाई पर पड़ी हुई थी। कई दिन से से बुखार था। उसके एक हाथ में पट्टी-बंधी हुई थी। शायद कोई फोड़ा हो गया था। उस समय वह बड़ी शिथिल-सी थी और बहुत ही धीरे-धीरे बोल रही थी। मैं उसके पास

चारपाई पर बैठ गया।

"क्या बात है?" मैंने उसका हालचाल पूछने के लिए सीधा सवाल किया।

"बुखार आता है चौथे-पांचवे दिन।"

"यहां तुम्हारे पास कोई औरत नहीं?"

"नहीं, आसपास तो कोई नहीं।"

पहले जो खोयी हुई लड़कियां और स्त्रियां मैंने देखी थीं उनसे इसका इर्द-गिर्द बिलकुल अलग था। उनके चारों ओर स्त्री-पुरुष होते थे। वे किसी-न-किसी की नंजर में, किसी-न-किसी की रखवाली में रहती थीं। मुझ प्रतीत हुआ जैसे इस मकान में वह अकेली ही रहती है, जैसे लोगों ने उसे उसके हाल पर छोड़ दिया था। उसके गांव और घर के लोग किस तरह खत्म हुए थे, यह मैं पहले ही सुन चुका था। दुबारा उसके मुंह से सुनने का कोई फायदा नहीं था। मेरी दिलचस्पी उसकी वर्तमान हालत में थी।

"यहां तुम्हें कितना समय हो गया है?"

"जिस दिन से गांव उजड़ा मैं उस दिन से यहीं हूं।"

"यह बर्तन और कपड़े तुम्हें किसने दिए हैं?"

"आप तो बिलकुल पागल करते हैं!"

मैं समझ गया वह अकेली नहीं रहती थी, न यहां पड़ा हुआ सामान उसका अपना था। इस सामान, मकान और उसके शरीर का मालिक केवल दिखाई ही नहीं पड़ रहा था।

यह बात लिखने को तो मैं सहज ही लिख गया। उस समय इस जानकारी से मेरे मन को गहरा धक्का लगा। पुलिस तथा लोगों की सहायता से जो सुन्दर खयाल मेरे मन में दुनिया और दुनिया के लोगों के बारे में सारा दिन आते रहते थे वह सब मुझसे दामन छुड़ा गये। मेरा दिमाग कटु वास्तविकताओं के साथ जुड़ा हुआ था। उस कच्चे मकान में किसी की छीनी हुई बीवी मेरे सामने चारपाई पर निढाल पड़ी हुई थी। मेरी नंजर में इनसान पर इनसान के जुल्म की सबसे घिनौनी तस्वीर थी।

कुचली हुई, मसली हुई वह वहां बीमार पड़ी थी। उसकी जात, बिरादरी, गांव-धर्म का कोई साझीदार वहां नहीं था। उसको कभी किसी न यह नहीं बताया कि वह अपने बिछुड़े हुए सगे-सम्बन्धियों को फिर से मिल सकती है। यदि कोई उसे बताता भी तो वह मानने से इनकार कर देती। आखिर इतने बड़े और

मंजबूत पाकिस्तान में से उसको कोई किस तरह निकालकर ले जा सकता था! इस बात पर विचार करना ही व्यर्थ था। उसको उस समय वापस ले जाने का कोई सवाल ही नहीं था। वे लोग अब उसको छुपा नहीं सकते थे, हमने उसे देख लिया था और वे लोग जानते थे कि हमने उसे देख लिया है।

"अच्छा, बहन ! मैं फिर किसी दिन आऊंगा।" फिर आने से मेरा मतलब उसे वहां से ले जाना था, परन्तु यह बात शायद उसके सपने में भी सम्भव नहीं था।

"तुम अब जा रहे हो? जरा बैठ जाओ। मेरी बात सुनते जाओ।" मैं पास ही चारपाई पर बैठ गया।

"क्या काम है।

"मेरी तुमसे एक विनती है। अगर तुम पूरी करो। एक काम है तुम से।"

"क्या काम है?"

"तुम मेरे सिख भाई हो, मैं भी कभी सिख थी। अब तो मैं मुसलमान हो गयी हूं। इस समय इस दुनिया में मेरा कोई नहीं है, मैं बहुत दुःखी हूं। तुम मुझे सहारा दो। मेरी एक छोटी ननद है। निगोड़े ग्यारह चक वाले उसे ले गये हैं। उस दिन हमले में

सबसे ज्यादा गिनती उन्हीं की थी और वही उसे ले गये हैं। तुम उसे यहां मेरे पास ला दो। सब तुम्हारा लिहाज करते हैं। पुलिसवाले भी तुम्हारी बात मनाते हैं। मेरी ओर से भी उनकी मिन्नत करना। मैं उसकी बड़ी भाभी हूं। मैंने उसे हाथों में पाला है और उसकी मां के समान हूं। वह मेरे पास आएगी तो मैं अपने हाथ से उसका हाथ किसी को दूंगी। मेरी सांझ बढ़ेगी, मेरे सम्बन्ध बढ़ेंगे। मैं किसी को अपना कह सकूंगी।"

उस बूढे जाट की बात मेरे दिमाग में चक्कर काटने लगी। देखो घास होती है ना खेत में, जुताई करते समय तो उसे उखाड़ने में कोई कसर बाकी नहीं छोड़ी जाती। सारी जड़ से उखाड़कर खेत से बाहर फेंक देते हैं। परन्तु दस दिन बाद फिर अंकुर निकल आते हैं।

(अनुवाद : कीर्ति केसर)

***

(3) धरती तले का बैल

ठठी खारा गाँव अमृतसर के पास ही था, पक्की सड़क पर, और जिस मौज में मान सिंह जा रहा था उसमें दूर के गाँव भी पास ही लगते थे । इसलिए चाहे शाम हो रही थी तांगे के थके हुए घोड़े की चाल भी मद्दम हो रही थी, उसे कोई चिंता नहीं थी ।

मान सिंह छुट्टी पे आया हुआ एक फौजी था। ठठी खारा उसके दोस्त करम सिंह का गाँव था। जितनी गहरी दोस्ती फौज में होती है, और कहीं नहीं होती। पहले तो दोनों अपने रैजीमैंटल सैंटर में इकट्ठे रहे थे; और अब एक बटालियन में बर्मा फ्रंट पे लड़ रहे थे। करम सिंह पहले का भरती हुआ था; और अब हवलदार था। पर मान सिंह अभी मुश्किल से नायकी तक ही पहुंचा था।

करम सिंह के बारे में एक खास बात ये थी कि उसकी ज़ुबान में बड़ा रस था। गाँव के कई और लड़के भी फौज में थे। जब वह छुट्टी पे आते, तो गाँव के लोगो के साथ उनकी बात वाहेगुरु जी की फतह से आगे ना होती। पर जब करम सिंह गाँव

आता, तो कुँए पे नहाने वालों की भीड़ बढ़ जाती। जाड़ों की आधी-आधी रात तक लोग ठंडी हो रही दाने भूनने वाली भट्ठी के सेंक के आसरे बैठे करम सिंह की बातें सुनते रहते। उधर रैजीमैंट में उसकी राईफल का निशाना बड़ा मशहूर था। निशाना लगाने के मुकाबले में उसकी गोली निशाने के ठीक बीच में से इस तरह निकलती, जैसे आप हाथ से पकड़ के निकाली गयी हो। अब लड़ाई में उसके पक्के निशाने ने कई दूर छिपे हुए दरख्तों की टहनियों जैसे दिखते जापानी गिराए थे। इस तरह वह जापानी निशानचियों की गोलियों से मरे अपने आदमियों के बदले चुकाता और अपने (पलटन)साथियो का दिल ठंडा करता। जहाँ मशीनगनों की गोलियों की बौछार असफल हो जाती; वहां करम सिंह की एक गोली काम संवार देती थी। चाहे करम सिंह की हड्डियाँ कुछ पुरानी हो गयी थी, पर जब वह जिम्नास्टिक के खेल दिखाता तो देखने वाले को ऐसे लगता कि उसे कोई भूत चढ़ गया है। इस लडाई में खैर ये सब कुछ बंद था, और भी बहुत कुछ बंद था। कभी कसी हुई वर्दी पहन के बैंड से परेड नहीं की थी। जाने के लिए कोई बाज़ार भी पास नहीं था। कभी कोई अपने

गाँव या अपने इलाके का आदमी नहीं मिला था। इसलिए जब मान सिंह को छुट्टी मिली तो करम सिंह बड़ा परेशान हुआ। अगर उसे भी छुट्टी मिल जाती तो दोनों इकट्ठे छुट्टियाँ गुजारते और फिर इकट्ठे ही वापिस आ जाते। अमृतसर से चूहड़काना कौन सा दूर था? पचास कोस की दूरी नहीं थी, पर छुट्टी इन दिनों बड़ी मुश्किल मिलती थी। कभी-कभी और किसी-किसी को। जिस तरह लडाई में बहादुरी के पुरस्कार कभी-कभी ही मिलते।

जब मान सिंह फौजी ट्रक में बैठने लगा तो करम सिंह ने कहा, "हमारे घर भी होते आना तुम। मेरे पास से आये तुम्हे देख के उन लोगो का आधा तो मेल हो जायेगा। फिर उन लोगों से मिलके आये तुम्हे मैं देखूंगा और तुमसे उनकी बाते सुनुँगा तो आधा मेल मेरा भी हो जायेगा।"

फिर अपने इलाके में उसकी दिलचस्पी बढाने के लिए उस से पूछा "तू कभी उधर गया है कि नहीं?"

"नहीं अमृतसर से गुजरा हूँ,पर उस तरफ गया नहीं कभी!"

"उधर बहुत से गुरद्वारे हैं-तरन तारन, खडूर साहिब, गोइंदवाल। सभी जगह माथा टेक आना, और

मेरे घर भी हो आना। मैं उन लोगों को चिट्ठी भेज दूंगा।"

इसलिए अपनी छुट्टियाँ खत्म होने के पास आज वह तांगे पे बैठ कर करम सिंह के गाँव जा रहा था।

"बाबा मैं मान सिंह हूँ चूहड़कान से" उस ने करम सिंह के घर के बरामदे में बैठे बूढ़े को हाथ जोड़ कर कहा।

"आओ जी ! आओ बैठ जाओ।"

मान सिंह अंदर आ के चारपाई पे बैठ गया | उसके आने से बूढा कुछ परेशान सा लगा। पहले तो वह इधर-उधर देखता रहा फिर चुपचाप नीचे देखने लगा।

मान सिंह अधीर स्वभाव का नहीं था। पर अपने इस तरह के स्वागत से उसे बड़ी हैरानी हुई। 'हो सकता है कि ये बूढा कोई अजनबी हो।'

"आप करम सिंह के पिता हो?" उसने गर्मजोशी से स्वागत की माँग करते हुए कहा।

"जी हाँ ये उसी का घर है।"

"उसने मेरे बारे में आपको कोई चिट्ठी नहीं लिखी थी ?"

"हाँ उसने लिखा था कि आप हमारे पास आओगे।" और बूढा उठ के आँगन की तरफ चला गया। एक बछिया को एक खूंटी से खोल के दूसरी से बाँधा, उसकी पीठ पर हाथ फेरा । फिर अंदर जा के मान सिंह के आने की खबर दे के चाय लाने को बोला। और जैसे बरामदे में फिर आने से डरता हो, वह आँगन में बंधी घोड़ी के पास खड़ा हो गया। उसके आगे पड़ी घास को हिलाया, उसमें चने डाले और आखिर वापिस बरामदे में आ गया। बूढा अब कुछ ज्यादा ही अपने आप में था, वह कभी मान सिंह की तरफ और कभी दायें-बाएं झाँक रहा था।

"जसवंत सिंह कहाँ है?" मान सिंह को पता था कि करम सिंह के छोटे भाई का नाम जसवंत है।

"अभी आया जाता है, चरी की गाडी ले के।" इतने में करम सिंह की माँ चाय लेके आ गयी।

"माँ जी सत श्री अकाल!" मान सिंह ने हँसती आँखों से बुढ़िया की तरफ देखा।

बुढ़िया के होंठ कुछ कहने के लिए हिले, पर कोई अक्षर न बन सका। मान सिंह ने चाय वाला बरतन उसके हाथ से ले लिया और वह वापिस चली गयी।

"ये किस तरह के लोग है!" मान सिंह हैरान हो

रहा था। अपने आप में असहज सा महसूस कर रहा था। पर अब एक घर आ के वापिस नहीं जाया जा सकता था। "चलो एक रात रह के वापिस जाऊँगा" उसने फैसला किया।

रात को जब जसवंत आया तो बातें कुछ खुलके होने लगी।

"बड़ी मशहूर हुई थी करम सिंह की गोली बर्मा की लडाई में। बस घोडा दबाने की देर होती पलक झपकते ही एक जापानी ढेर होता। हमें साथ चलते हुए पता भी नहीं चलता उसने ढूंढ कहाँ से लिया।"

मान सिंह यहाँ रुक गया। उसे उम्मीद थी कि वह सारे बर्मा की लडाई की बहुत सारी बातें पूछेंगे। उसके अंदर बातें भरी पड़ी थी। पर यहाँ तो कोई सुनता ही नहीं था। कुछ देर यूँ ही सन्नाटा रहा, फिर बुढ़िया ने जसवंत से कहा-

"हमारी पानी की बारी कब है?"

"परसों तीन बजे"

तीन बजे सुबह का नाम सुनते ही मान सिंह ने फिर बात छेड़ी। वह अपने दोस्त की ज़ी भर के बातें करना चाहता था।

"फौज में करम सिंह को सुबह उठने का बड़ा

आलस्य है। सबसे बाद में उठता था वहां।"

इस बात से भी किसी में उत्साह नहीं जगा.

फिर खाना आया। काफी औपचारिकता की गयी थी। रोटी खाते हुए जसवंत उसे साथ साथ पंखा कर रहा था।उसका ये ख्याल कि उसकी उपेक्षा की जा रही है दिल से निकल गया।

रोटी खाते-खाते करम सिंह का छोटा सा बेटा चलते-चलते मान सिंह की चारपाई के पास आ गया। अगर वह किसी और से करम सिंह की बातें नहीं कर सकता तो उसके बेटे से तो कर सकता है। मान सिंह ने ये सोच के उसे गोद में उठा लिया।

"अपने पिता जी पास चलोगे? जाना है तो चलो मेरे साथ! वहां बहुत बारिशें होती है। बारिश में घूमते रहना।

मान सिंह की ये बात करम सिंह के पिता को जैसे शूल की तरह चुभी। "इसे पकड़ो, बच्चे को उधर रखो। खाना तो आराम से खा लेने दिया करो।" बूढे ने गुस्से से कहा, तो बुढ़िया आ के बच्चे को ले गयी।

अब तो घर की हवा में साँस लेना भी मान सिंह का मुश्किल हो गया था। वह यहाँ से जल्दी जाना

चाहता था । इसलिए अगले दिन जाने के बारे में पूछताछ करने लगा-"यहाँ से तरनतारन कितनी दूर है?"

"चार कोस का रास्ता है।"

"तांगा मिल जाता होगा सुबह-सुबह?"

"तांगे कि फ़िक्र मत करो तुम, जसवंत को साथ भेजेंगे। दोनों भाई माथा टेक आना।"

मान सिंह इस बात पे सहमत हो गया, क्यूंकि जसवंत इतना घुटा हुआ नहीं था।

पर मान सिंह के साथ चलते हुए वह भी कुछ घुटा-घुटा सा लगा। जो भी जान-पहचान के लोग रास्ते में मिलते उन्हें दूर से ही बुला के आगे चल पड़ता। लेकिन मान सिंह का दिल करता था कि लोगों से खड़े होके बात करे। वो कौन सा रोज यहाँ आने वाला है?

"करम सिंह ने तो फौज में बड़ी प्रसिद्धि पाई है, तुम क्यूँ नहीं फौज में गये?" मान सिंह ने जसवंत से पूछा।

जसवंत इकदम ठिठक गया, जैसे कोई चोरी करते पकड़ा गया हो। फिर कुछ देर रुक के बोला," एक कम है फौज में?"

"हमारी तरफ के चरी और गन्ने कितने बड़े हो गये है?" एक चरी के खेत के पास से गुजरते हुए जसवंत बोला।

"आदमी-आदमी जितने बड़े है" पर उसका मन इन बातों में नहीं था। वह तो अपने दोस्त के बारे में बात करना चाहता था।

गाँव वापिस आके मान सिंह अब लौट जाना चाहता था। अमृतसर से रात की गाड़ी में बैठकर वह सुबह अपने गाँव पहुँच सकता था। अपनी-अपनी जगह सभी ने बहुत प्रयास किये थे, पर उसे उम्मीद से बहुत कम मजा आया था। इस वक़्त उसके लिए अंदर चाय तयार हो रही थी और वह बरामदे में अकेले बैठा था।

सामने गली में थैला गले में डाल के डाकिया चला आ रहा था।पहले उसे लगा चलता-चलता वह सीधा आगे निकल जाएगा, पर वह बरामदे में आके चारपाई पे बैठ गया।

"क्या लेके आये हो?"

"लाना क्या है, यह पैंशन लाया हूँ बेचारे करम सिंह की।"

"करम सिंह की पैंशन ?....करम सिंह मारा

गया?"

"सारे इलाके में हाहाकार मची हुई है, और आप उसके घर में बैठ के पूछते हो करम सिंह मारा गया? चिट्ठी आये हुए तो आज १५ दिन हो गये है।"

मान सिंह ने २-३ तेज-तेज साँसे ली। माथे पे कुछ मुट्ठी जैसा भींच लिया और फिर आँखों से पानी निचुड़ने से ढीला होने लगा।

बूढे ने बाहर डाकिये को बैठा देख समझ लिया कि बात हाथ से निकल गयी, अब बोझ उठाने का क्या फायदा? आठ पहर का दबाव कम हुआ तो आंसू निकल बहे। दोनों देर तक एक दुसरे के पास बैठे मन हल्का करते रहे।

मान सिंह बोला,"आपने मुझे आते ही क्यूँ नहीं बताया?"

"ऐसे ही, हमने सोचा लड़का छुट्टी पे आया है, इसकी छुट्टी खराब ना हो। जब छुट्टी काट के वापिस जायेगा तो पता चल जायेगा। फौजी को छुट्टी प्यारी होती है। जितनी करम सिंह को प्यारी थी, उतनी तुम्हे भी होगी, बल्कि ज्यादा होगी। हम बात छुपाने में कामयाब नहीं हो पाए, बेकार में

कोशिश की।

वापिस जाते वक़्त मान सिंह ने वह गाँव देखे, जहाँ वह बूढा जन्मा-पला-बढ़ा था। आस पास किले बने हुए थे। कब्रे और समाधियाँ बनी हुई थी, जो भारत पे हमला करने वाले लोगो से लड़ने-मरने की कहानियाँ बताती थी। शायद इसीलिए बूढा इतना सहनशील था। दूसरो को हल्का रखने के लिए अकेला बोझ उठाये फिरता था। मान सिंह ने सुना था कभी, कि धरती के नीचे एक बैल है। जो अपने सींग पे धरती का भार उठा के खड़ा रहता है। उसे इस तरह लगा जैसे करम सिंह का पिता ही वह बैल है, जो बोझ के नीचे दबा होने पर भी लोगो का भार उठाना चाहता है...

***

(4) दूध की तलैया

चचेरे भाई होने के नाते लाल तथा दयाल का आपस में बड़ा स्नेह था। वे खेती भी इकट्ठी करते थे। गाँव के अन्दर एकता का बड़ा प्रभाव पड़ता है। दो सगे भाइयों की अपेक्षा यदि चचा-ताऊ के बेटे आपस में मिल कर चलें, तो उन्हें और भी बडी ताकत समझा जाता है। कारण कि ऐसा मेल बहुत कम देखने में आता है। दो सगे भाइयों का मिलकर रहना तो स्वाभाविक है। इसीलिए गाँव वाले इन दोनों-लाल और दयाल का नाम लेते थे। मजदूरों को काम के लिए बुला सकना उनके लिए आसान था, क्योंकि वे तुरंत उनका कहा मान लेते थे। गाँव की गलियों के अंदर चलना उन्हें सुहाता था, क्योंकि वहाँ उन पर पड़ने वाली दृष्टि आदर भरी होती थी।

बिना प्रयास के मिले इस आदर के अतिरिक्त उनका बोने-जोतने का काम भी सुगमतापूर्वक चलता था। मिलकर रहने से वे दो हलों की जुताई करते थे। एक मजदूर रख लेने से प्रतिदिन उनमें कोई एक आराम कर सकता था और काम भी निर्विघ्न चलता

रहता था।

यदि जोत केवल एक हल की हो, तो एक तो उसमें आनंद नहीं आता, दूसरे वह काबू में भी नहीं रहतीं। अकेले रहते हुए खुद को तो पशुओं के साथ पशु बनना ही पड़ता है, यदि कोई मजदूर रखा हुआ हो, तो गुजारा नहीं हो सकता।

यह इकट्ठी खेती जिस तीसरे आदमी को पूरा आराम देती थी, वह था दयाल । दयाल गौर वर्ण का, सुंदर नखशिखवाला, भरे बदन का जवान था। दिन के पहले पहर तो वह खेतों में जाकर थोड़ा-बहुत काम करता, परंतु पिछले पहर वह नित्यप्रति उजले कपड़े पहनकर गाँव के अन्दर गश्त लगाता रहता या फिर चौपाल में बैठकर गप्पें हाँकता रहता। लोग उससे आँख मिलाकर बातें करके खुश होते।

परंतु गाँव वालों और दयाल को मिल रही यह खुशी केवल लाल के कारण थी, जिस गरीब को बाद में सारा काम करना पड़ता।

"कल तू पिछले पहर गाँव से बाहर ही नहीं निकला। गेहूँ के खेत को बाड़ देनी थी। दो आदमियों को, तुझे पता है, बाड़ देने में बड़ी मुश्किल होती है।" लाल कभी गिला करता। “वैसे ही आलस आ गया।

गाँव में थानेदार आया था। मैंने सोचा कुछ बातों का पता लगेगा।" दयाल धीमे स्वर में उत्तर देता और लाल आगे कुछ न कहता।

लाल की पत्नी को भी दयाल अपने घर घूमता हुआ दिखाई देता। लाल जिस समय खेतों में काम पर होता, उनके घरों की साँझी दीवार के उस पार दयाल की पगड़ी इधर-उधर घूमती दिखाई देती। कभी वह अपने लड़के को गोद में उठाकर एक लकड़ी का टुकड़ा हाथ में ले बढ़ई के घर की ओर चल देता और वहाँ से बालक के लिए गाड़ी आदि बनवा लेता। कभी अपनी पत्नी का साग काटने का हँसिया उठा कर उसे लुहारों के यहाँ तेज करवाने लग जाता और कभी सत्तो जुलाहिन के सिर पर चरखा उठवाकर उसकी तकली सीधी करवाने के लिए चल देता।

उधर लाल की पत्नी के सारे काम बिना हुए पड़े रहते। दयाल के घर में घूमती हुई पगड़ी तथा वहाँ से आती हुई आवाज उसके मन में कई आकांक्षाएँ जगाती-यदि कहीं लाल भी इस समय घर आ सके तो वह उसे गरम दूध पीने को दे, गाँव के अन्दर जाने के लिए उसे उजले कपड़े पहनाये और जब तक

वह कपड़े पहने तब तक उसकी पगड़ी को कलफ लगा दे। अभी तक तो उसे न कपड़े धोने में आनंद आता था, न कपड़े पहनवाने में। आठ-दस दिनों में लाल कभी रात को सोते समय धले कपड़े अपने सिरहाने रखवा लेता और सुबह उठकर मैले कपड़े सिरहाने रखकर धुले कपड़े पहन लेता। लेकिन जल्दी ही वे फिर मैले हो जाते और अगले कई दिनों तक वह उन्हें ही पहने रहता। काश कहीं लाल भी दयाल की तरह शाम घर पर बिता सकता।

और जब वह रात को घर को आता, तो वह उसे डाँटती, "तू कोई उसका नौकर रखा हुआ है। स्वयं तो वह नवाब बना गाँव में घूमता रहता है और तू वहाँ मिट्टी में मिट्टी बना रहता है।"

“गाँव के अन्दर घूमने में क्या रखा है। पानी लगाने के बारे में बात करनी थी, इसलिए वह आया था।" लाल बात को टालता और फिर दिलासा देते हुए कहता, "कभी कोई हल आदि ठीक करवाना रहता है, कभी कोई रस्सी बटनी होती है, कभी किसी आदमी को काम के लिए कहना होता है-गाँव में आने के ऐसे सैकड़ों काम रहते हैं।"

“गाँव में काम रहते हैं, तो तू भी आ जाया कर।

क्या यह जरूरी है कि गाँव के सारे काम वही करे?"

"अच्छा, मैं आ जाया करूँगा, इसमें कौन-सी बात है। वह कह देता है कि मैं चला जाता हूँ। मैं कह देता हूँ, अच्छा तू ही चला जा।"

लाल इस प्रकार आने को कह तो देता, परंतु वह आता कभी न । इस साँझे में असल में वह अन्दर की ओर का बैल था। वह भोर तारे के साथ उठ जाता और अपने मजदूर के साथ हल जोतने को निकल पड़ता। दयाल बाद में दिन चढ़े उठकर भैंसों को बाहर निकालता, उन्हें घास डालता और फिर उन्हें दुहता। वह पशुओं के खाने योग्य घास काटकर रख देता, उन्हें खोलकर बाहर घुमा लाता और फिर उन्हें अपने-अपने स्थान पर बाँध देता। शाम को वह किसी टोली के साथ बैठकर शराब पीता. कभी कहीं बैठकर ताश खेलता रहता। कभी अखबार की खबरें सुनता और उन्हें कहीं समझने की कोशिश करता। खेती का सारा भार दिन-प्रतिदिन लाल के ऊपर पड़ता जा रहा था। दयाल हमेशा दोस्ती गाँठने और अपना रसूख बनाने में लगा रहता। साझेदारी में ऐसा ही होता है। एक पक्ष अधिक काम करता और दूसरा कम। जब तक अधिक काम करने वाला पक्ष चुप

किए रहता है, साझेदारी चलती रहती है और जहाँ उसे अधिक काम खटकने लगा, उसी समय साझेदारी टूट जाती है।

फसलों की कटाई के बाद एक दिन लोहारों के लड़के किसानों के यहाँ गेहूँ की पूलियाँ इकट्ठी कर रहे थे। लाल किसी और किसान के खलिहान में बैठा था। लोहार का एक लड़का उस किसान से पूली माँगने आया। उस लड़के का साथी सिर पर पूली रखे पास ही रास्ते में से गुजर रहा था।

“वह पूली तुम कहाँ से लाये?" किसान ने पूली माँगने आये लोहार के लड़के से दूसरे लड़के के सिर पर रखी पूली के बारे में पूछा।

"वह तो वहाँ दयाल के खलिहान से लाये हैं।"

लाल ने यह बात सुनी तो उसे अपना खून जमता-सा प्रतीत हुआ। खलिहान तो साझे का था, लेकिन उस पर अकेले दयाल का नाम चल रहा था। काम में व्यस्त लाल का तो अपनी भूमि और उसकी पैदावार से नाम मिटता जा रहा था। उसने दयाल से पृथक् होने का फैसला कर लिया। फसल की कटाई के बाद वैसे ही ये जोतों को बदलने के दिन थे।

अनाज तो हर बार वे बाँटते ही थे, अब उन्होंने

भूसा भी अलग-अलग कर लिया। भैंसें अपने-अपने खूँटों पर अलग बाँध ली गयीं। एक थोड़े दिनों की व्याई भैंस की थोड़ी मुसीबत थी। उसकी बछिया मर चुकी थी। वह दयाल से हिली हुई थी, किसी और को दूध न देती थी। लाल ने कुछ दिनों तक उसको चने के आटे में नमक घोलकर पिलाया, अपने हाथों उसे आटा खिलाया, अपने हाथ की हथेली पर दूध की धारें डालकर उसे चटायीं और फिर दूध की धारें अपने मुँह में भरकर उसकी फुकारें उसके नथनों पर डालीं। ये सब उपाय करने से धीरे-धीरे भैंस उसको दूध देने लग गयी। लेकिन दयाल से भैंस का मोह फिर भी बना रहा। जब कभी वह खुल जाती, सीधी जाकर उसके पास खड़ी हो जाती या उसकी भैंसों में शामिल हो जाती।

भैंस का दयाल के साथ प्यार बना रहा, किंतु लाल व दयाल आपस में एकदूसरे से दूर होते गये। खेत उनके पास-पास होने के कारण पशु खुलकर कभी-कभी एक-दूसरे के खेत में चले जाते। इस पर बड़ी-बड़ी तकरारें होतीं। ऐसे अवसर पर दोनों में से कोई कम न बोलता। कोई अपने आपको छोटा कहलवाने को तैयार न होता। जब दयाल की छोटी-

सी बछिया लकडी के फिरके में से निकलकर सारी रात लाल के सींचे हुए शलगमों को रौंदती रही, तो दयाल अकड़ कर बोला, "मैं बछिया के साथ बँधने से तो रहा। इन छोटे-छोटे जीवों का कोई पता है कि कब दायें-बायें से निकल जाते हैं।"

और अगले दिन जब लाल की घोड़ी साँकल समेत दयाल की फूली हुई कपास के पौधे तोड़ती और गिराती रही, तो लाल ने रूखे स्वर में कहा, "घोड़ी तो कपास को मुँह नहीं लगाती। पौधे तो उस समय टूटते हैं जब कोई साँकलवाली घोड़ी को पीछे से धमकाता है। यदि उसे आराम से निकाला जाता, तो पौधे नहीं टूटते।"

दयाल को इस बात से बड़ा क्रोध आया। शलगम तो आखिर खाने की चीज थी, लेकिन कपास तो पैसे वाली फसल है। खैरियत अभी तक यही थी कि लाल और दयाल दोनों में से किसी ने अभी एक-दूसरे से उलझने की नहीं ठानी थी।

कुछ दिनों बाद वर्षा हुई। दयाल के पास बाहर एक छाया हुआ घेरा था। लाल ने अभी तक कोई ऐसा घेरा नहीं बनाया था, फिर भी वह दयाल के घेरे में जाकर सिर छुपाने को राजी न था। उसका शहतूत

का पेड़ था, उसके नीचे कुछ बचाव हो सकता था। वर्षा होती रही, और एक चादर ओढ़कर वह उस पेड़ के नीचे ही बैठा रहा। गाँव भर में यह बात फैल गई। शहतूत के पेड़ पर बगलों के घोंसले थे। लोग खिल्ली उड़ाने लगे, "ऊपर बगले स्नान करते रहे, नीचे लाल नहाता रहा।"

इस घटना के बाद यह चर्चा आम हो गई कि एक न एक दिन लाल और दयाल में लड़ाई जरूर होगी। कोई कहता, दयाल तगड़ा है, वह मारेगा। दूसरा दलील देता, लाल के अन्दर गुस्सा बहुत है, वही मारेगा।

ये सब चर्चाएं लाल की पत्नी के कानों तक भी पहुँचतीं और वह कभी-कभी घबराकर पूछती, "सुना है, दयाल तेरे साथ उलझने को उतावला है।"

"मेरे साथ उलझकर अपनी मौत बुलाएगा वह। वह तो मेरे आगे खड़ा तक नहीं हो सकता।" लाल तन कर उत्तर देता।

अपने आपको ऊँचा दिखाने के लिए एक दिन तो लाल सब सीमाएँ पार कर गया। गेहूँ की फसल बोने के पहले दयाल अपने खेत में खाद बिखेरना चाहता था। गाड़ी का रास्ता लाल के खेत में से होकर था।

खेत को अभी जोता नहीं गया था, इसलिए उसमें से गाड़ी ले जाने में कोई हानि नहीं थी। लेकिन जब दयाल गाड़ी ले आया तो लाल लट्ठ लेकर अपनी वटिया के ऊपर खड़ा हो गया और उसने दयाल को गाड़ी वापस ले जाने पर मजबूर कर दिया ।

रात के समय लाल ने जब यह बात अपनी पत्नी को बतायी तो उसको विश्वास हो गया दयाल जरूर उसके पति से डरता है। दयाल को भी अपनी हालत अखरने लगी थी। अब वह खाहमखाह लाल के साथ उलझने पर उतारू था।

एक दिन सूरज डूबने के थोड़ी देर बाद लाल अपनी घोड़ी पर सवार गाँव की ओर आ रहा था। रास्ते में पानी की एक नाली पर दयाल एक और आदमी के साथ बैठा शराब पी रहा था। लाल और दयाल ने एक-दूसरे को देख लिया । नाली पार करने के लिए घोड़ी की चाल धीमी करनी ही थी । लाल के हाथ में एक खाली लोटा था ।

'कौन है ?' दयाल स्वर को जरा लटकाते हुए बोला।

'मैं हूँ ।' लाल ने कड़कती आवाज में कहा और फिर तरऊ-तरऊ करके घोड़ी को पानी पिलाने लगा ।

जैसे वह कह रहा हो आ जाओ मैं तो खड़ा हूँ। लेकिन आया कोई नहीं और लाल घोड़ी को पानी पिला कर चल दिया। घर आकर लाल ने अपनी पत्नी को बताया मैंने सोच रखा था कि अगर वह आगे आया तो उसके सिर पर लोटा दे मारूँगा । घोड़ी पर सवार आदमी वैसे भी चार आदमियों से भारी होता है। जिमे चाहे घोड़ी के नीचे डालकर रौंद दे।"

'शाबाश' लाल की पत्नी ने कहा ।

फिर एक रात थोड़ी बूँदाबांदी हुई। शरीर पर पड़ी बूंदों से पैदा हुए आलस्य के कारण लाल ने तड़के भैंस को घास न डाली । घास को भूख से तुनकी भैंस ने सांकल खींचकर वर्षा के कारण ढीला हुआ खूँटा उखाड़ लिया। काफी दिन चढ़ने पर लाल उठकर बाहर रास्ते में घूमती भैंस को पकड़ लाया और बैठकर उसे दुहने लगा। भैंस की झोल आज बहुत कम थी। ऐसा लगता था जैसे किसी ने पहले उसे दुहा हो । अब केवल दाने के लालच से ही वह दोबारा दूध दे रही हो । लेकिन दुह कौन सकता है। दयाल के अलावा यह किसी और को तो पास पटकने तक नहीं देती। बस दयान ने ही इसे दुहा होगा। दो-दो, चार-चार धारें निकलने के बाद चरों स्तन खाली

हो गये।

लोटे के अंदर तीन चार गिलास दूध की जगह सिर्फ करीब एक गिलास दूध था। अब क्या होगा। दयाल ने बहुत ही मूर्खता की थी। अपनी पत्नी से लाल अब क्या कहे ? उसे पता था कि दयाल द्वारा भैंस को दुहाकर अपनी पत्नी के आगे वह चुपचाप कैसे बैठ सकता था। वह भैंस के स्तनों को हाथ में लिये अकारण ही बैठा रहा, पर और अधिक धारें न निकल सकीं। दूध की आखिरी बूंदें भी समाप्त हो चुकी थीं। अचानक लाल को एक तरकीब सूझी। जमीन पर गिरे दूध के बारे में यह अंदाजा लगाना मुश्किल है कि वह मात्रा में कितना है। थोड़ी मात्रा में गिरा दूध भी बहुत-सा मालूम देता है। यदि वह लोटे के दूध को गिरा दे, तो वह अपनी पत्नी से कह सकता है कि भैंस ने टाँग हिलाकर दूध गिरा दिया। हाथ में पकड़ा हुआ दूध का लोटा उसने उलटा कर दिया। वर्षा के कारण सब ओर कीचड़-ही-कीचड़ था और कहीं-कहीं पानी की छोटी-छोटी तलैया भी बनी हुई थीं। इस कारण गिरा हुआ दूध और अधिक मालूम हो रहा था। लाल को अपने किये पर पूर्ण संतोष था।

"दूध तो आज गिरा दिया निगोड़ी ने।" उसने अपनी पत्नी से आकर कहा।

"हाय, हाय। कैसे?"

"बस, टाँग उठाकर लोटे पर मारी और लोटा उलट गया।"

"दो लट्ठ नहीं मारे जाते ऐसी मनहूस के।" पत्नी को चार पहर बिना दूध के रहने की बात पर गुस्सा आ रहा था।

"नहीं, मारने से क्या होता। कहीं मक्खी ने काट दिया होगा। मक्खी के काटने से पशु बेबस हो जाता है। है तो बेचारी बड़ी अच्छी।"

चूल्हे के पास से उठकर पत्नी भैंस के पास आयी। असाधारण घटी घटना को देखने की उत्सुकता हरेक के अन्दर जाग उठती है।

"हाय, कितना सारा दूध था। तलैया भरी पड़ी है दूध की।" कहकर उसने लाल के मन को शांत कर दिया।

***

(5) कष्ट निवारक

बस जल्दी जल्दी भर रही थी, इस बात से मैं खुश था। अगर जल्दी भर जाए तो कुछ मिनट पहले ही चल पड़ेगी। और फिर, भरी हुई बस को रास्ते की सवारियाँ उठाने के लिए नहीं रुकना पड़ता। मैं जल्द से जल्द दिल्ली पहुँचना चाहता था। करनाल से दिल्ली के लिए यह पहली बस थी। दुकानों और दफ्तरों के खुलने से पहले यह पहुँचा देती थी। दूसरी सवारियाँ भी मेरी जितनी ही उतावली लग रही थीं।

मेरे साथ वाली सीट पर एक ढली उम्र का किसान बैठा था। मेरा ध्यान बस के दरवाजे के साथ-साथ बाहर वाली रौनक पर भी था। मैंने उसकी ओर

तभी ध्यान दिया जब उसने मुझे पढ़ा-लिखा समझकर पूछना शुरू कर दिया-

"यह बस कितने बजे चलेगी यहाँ से ?"

"छह बजे।"

"अब कितने बजे हैं ?"

"बस, छह बजने ही वाले हैं।"

"पानीपत कितनी देर में पहुँच जाएगी ?"

"पौने घंटे में।"

"अड्डे से अफ़सरों के रहने की जगह कितनी दूर होगी ? मिल जाएगी मुझे ?"

"नज़दीक ही है। मैं तुम्हें वहाँ बता दूँगा।"

"उन्होंने मुझे सात बजे बुलाया है। पहुँच ही जाऊँगा तेरी दया से। मैं तो रात को ही अड्डे पर आ गया था। कहते थे- सवेरे बस जाएगी, तू उस पर चले जाना, वक्त से पहुँचा देगी।"

उसने बताया कि पानीपत में उसकी तारीख़ थी। चकबंदी के बड़े अफ़सर के आगे उसने अपील कर रखी थी। अफ़सर रहता तो अम्बाला में था, पर दौरे पर पानीपत आया हुआ था। उस इलाके में जिन-जिन लोगों ने अपील कर रखी थी, उन सबको उसने वहीं पर बुला रखा था।

"खराब ज़मीन मेरे हिस्से में डाल दी," उसने कहा, "कहते हैं, तेरा हिस्सा यहीं पर आता है। और किसे यहाँ पर फेंके। बेकार ज़मीन सस्ती मिलती है, तुझे ज्यादा दे दी है। और क्या चाहिए तुझे ? पर वहाँ तो होता ही कुछ नहीं। मैं ज्यादा का क्या करूँ ? मैं गाँव में गरीब हूँ। लड़का भी अभी छोटा है।

पहले बेटियाँ ही हुईं। अब इस ढलती उम्र में लड़का हुआ है। अभी बच्चा ही है। गाँव में मेरा कोई साथ नहीं देता। इसीलिए मुझे रगड़ा लग गया है। अब देखो, यह अफ़सर क्या फ़ैसला सुनाता है। इससे ऊपर, कहते हैं, कोई अपील नहीं।"

"पर चकबंदी का तो सुना है, यह कानून होता है कि जहाँ जिसका बड़ा टुकड़ा हो, वहीं पर उसकी सारी ज़मीन को इकट्ठा करना होता है।"

"वो तो ठीक है। पर मेरे चार जगहों पर छोटे-छोटे टुकड़े थे। जहाँ सबसे खराब टुकड़ा था, उसके साथ वाली सारी ज़मीन मुझे दे डाली। गाँव वाले कहते हैं - चैन से बैठा रह। अब फिर से सारा गाँव तुड़वाएगा क्या। सबको नये सिरे से मुसीबत में डालेगा। पहले ही बड़ी मुश्किल से काम खत्म हुआ है। लोगों को ठीक से जोतने-बोने दे। तू भी कुएँ में मिट्टी डाल। दाँतों तले जीभ दबा। संवारेगा तो खुद धीरे-धीरे संवर जाएगी ज़मीन ! बहुत मिल गई है तुझे। और क्या चाहिए ? पर मुझे तो वह ज़मीन काटने को दौड़ती है। वकील किया हुआ है। देखो, क्या होता है।"

"ठीक ही होगा।" मैं झूठी तसल्ली देता हूँ।

बस में अब बहुत भीड़ हो गई थी। मगर भीड़ से अधिक अफरा-तफरी मची थी। आज सोमवार था। इतवार की छुट्टी होने के कारण बहुत से लोग दिल्ली से बाहर आए हुए थे जो अब जल्दी लौटना चाहते थे। बस के दोनों दरवाजों में से कई सवारियाँ अन्दर आने की कोशिश कर रही थीं। लेकिन अन्दर सारी सीटें पहले ही भरी हुई थीं। फिर भी, सवारियाँ दरवाजे पर से हटती नहीं थीं। कोई तगड़ा आदमी धक्का देकर अन्दर घुस आता लेकिन बस में कोई जगह न पाकर फिर पीछे हट जाता।

जितने उतावले दरवाजे पर खड़े लोग अन्दर आने के लिए थे, उतने ही अन्दर बैठे लोग बस के चलने के लिए थे। वे कंडक्टर को बस चलाने के लिए आवाज़ें लगा रहा थे।

"बस, और कोई सीट नहीं," कंडक्टर ने चलने की तैयारी कर दरवाजे में खड़े लोगों से कहा।

"सीट क्यों नहीं ?... हमने टिकटें ले रखी हैं।"

"अरे, टिकटें ज्यादा काट दी क्या आज ?" कंडक्टर ने टिकट काटने वाले मुंशी को आवाज़ दी, "सोमवार है, अगर चैकिंग हो गई तो जुर्माना कौन भरेगा ?"

"नहीं, पूरी हैं। एक चिड़िया का बच्चा भी फालतू नहीं।" बाहर बैठा मुंशी कागज-पत्र उसके हाथ में थमाते हुए बोला।

"तो फिर बिना टिकट सवारियाँ अन्दर आ गई होंगी।" कंडक्टर ने जैसे माफी मांगी और फिर ऊँची आवाज़ में जैसे बस की दीवारों को सुनाते हुए बोला, "जो भी बिना टिकट बैठे हैं, नीचे उतर जाएँ। टिकटवाले बेचारे बाहर खड़े हैं।"

कोई सवारी न हिली। अगर टिकट वाली सवारियाँ बाहर न भी खड़ी होतीं तब भी बस का चलना मुश्किल था। सीटों के बीच वाला रास्ता सामान से भरा पड़ा था। एक बुढ़िया इस रास्ते में नीचे ही बैठ गई थी।

"माई, उठकर सीट पर तो हो जा।" कंडक्टर ने उसे ऐसे बैठा देखकर खीझते हुए कहा।

"भाई सीट हो तो पैरों में बैठने का भला मुझे कोई शौक चढ़ा है।"

एक स्त्री ने अपने तीन बच्चों समेत दो सवारियों वाली सीट घेर रखी थी। दो बच्चे तीन साल से छोटे थे इसलिए टिकट एक की ही थी।

"बच्चों को गोद में ले लो। आधी टिकट के लिए

कोई सीट नहीं।" कंडक्टर ने कहा।

एक बच्चे को बुढ़िया ने गोद में ले लिया और दो को उनकी माँ ने और इस प्रकार रास्ते में से उठकर बुढ़िया सीट पर हो गई।

लेकिन बस चलने के अभी भी कोई आसार नज़र नहीं आते थे। बेटिकट लोग सीटों पर से उठने का नाम ही नहीं लेते थे।

"अपनी अपनी टिकटें निकालो," कंडक्टर ने आवाज़ दी और आगे बैठी एक सवारी की ओर हाथ बढ़ाया।

"टिकट तो अभी लेनी है।" सवारी ने धीमे से कहा।

"नीचे उतर कर लो फिर पिछली गाड़ी की। बस को यूँ ही लेट कर रहे हो। किसी किनारे भी लगाना है बस को कि झगड़े में ही दिन बिता देना है।"

कंडक्टर गुस्से में बोला।

"जल्दी पहुँचना था, सामान ऊपर पड़ा है।"

"नीचे उतर कर जल्दी उतार लो, नहीं तो दिल्ली पहुँच जाएगा। टिकट ली नहीं, कुछ किया नहीं, सामान ऊपर टिका दिया।"

बेटिकट सवारियों के कान खड़े हो गए। एक-एक

करके सब खिसकने लगीं। छत पर से सामान के उतरने का शोर सुनाई देने लगा। सीटों के बीच वाले रास्ते से पड़ा सामान कुछ सीटों के नीचे और कुछ-कुछ छत पर पहुँचा दिया गया। बस, एक सवारी का फ़र्क़ रह गया।

एक नई बैठी सवारी से कंडक्टर बोला, "तुम अपना टिकट दिखाओ।"

टिकट पिछली बस का था।

"लो, हमें क्या मालूम।" सवारी बोली।

"टिकट के ऊपर बस का नंबर लिखा हुआ है। नीचे उतर कर उसमें बैठ जा। वो पीछे खड़ी है।" फिर उसने खिड़की के पीछे बैठे मुंशी से कहा, "अभी से नई टिकटें काटनी शुरू कर दीं ? सवारियाँ इधर घुसी आ रही हैं।"

"तूने तो लगता है आज बस अड्डे में से निकालनी ही नहीं। हम क्या सारा काम ठप्प कर दें। पाँच मिनट लेट हो गया तू।"

"बस हो गया हिसाब। चल रहे हैं अब।" कंडक्टर ने मुँह बनाते हुए कहा और बस के चलने के लिए सीटी बजा दी।

"रोक के....रोक के..." एक सूट-बूट धारी आदमी

ज़ोर से चीख उठा और उछलकर अपनी सीट पर से दूर हटकर खड़ा हो गया।

"क्या बात हो गई ?" कंडक्टर ने हैरान होकर पूछा।

"यहाँ पर किसी ने उल्टी कर रखी है। मैं नहीं बैठ सकता यहाँ। पहले इसे साफ करवाओ।"

"उल्टी किसने कर दी ?" कंडक्टर ने अविश्वास में भरकर कहा। शायद किसी मुसाफिर ने रात को की थी या फिर सुबह-सुबह डीज़ल की बदबू के

कारण कोई बैठते ही कर-कराकर एक ओर हो गया था। मुँह बाहर निकालकर कंडक्टर ने मुंशी से पूछा, "स्वीपर खड़ा है क्या यहाँ कहीं ?"

"नहीं, दिखाई तो नहीं दे रहा। आता ही होगा।"

स्वीपर की प्रतीक्षा में एक अनिश्चित समय के लिए बस को कैसे रोका जा सकता था ? पर एक पढ़ी-लिखी सूटेड-बूटेड सवारी को सीट दिए बिना कंडेक्टर बस को चला भी कैसे सकता था ? अधिक देर हो जाने के डर से वह घबरा उठा था। सारी सवारियाँ अधीर हो रही थीं। पर किसी को कोई राह नहीं सूझ रहा थी।

मेरे पास बैठा किसान यह तो समझ गया कि

अब और देर लगेगी, लेकिन उसे यह मालूम नहीं था- क्यों ?

"अब चलाते क्यों नही ? क्या अड़चन पड़ गई अब ?" उसने मुझसे पूछा।

मेरे कुछ बताने से पहले ही कंडक्टर ने उसके पास आकर कहा, "भाऊ, जरा उठना यहाँ से।"

"क्यों क्या बात है ?" किसान ने सीट पर से उठते हुए पूछा।

"आ, तुझे आगे सीट देता हूँ।" वह उसे पकड़कर आगे ले गया और इशारे से उस सूट-बूट धारी आदमी को उस किसान की सीट पर बैठने के लिए कहा।

उल्टी वाली सीट के पास ले जाकर कंडक्टर ने कहा, "ले, बैठ जा यहाँ।"

फिर उसने खुशी में ज़ोरदार सीटी बजाई और बस चल पड़ी।

"यह सीट तो गन्दी है, मैं नहीं बैठूँगा यहाँ।" किसान चिल्ला उठा।

"थोड़ी देर दाँतों तले जीभ रख। अगले अड्डे पर दूसरी सीट दे देंगे।" कंडेक्टर ने हल्की-सी शरारत के साथ मुस्कराते हुए कहा।

किसी ने भी कंडेक्टर को नहीं टोका। बल्कि सभी ने राहत की साँस ली। बस लेट न होने देने के कारण हम सब उस पर खुश थे। मुश्किल से तो कष्ट-निवारक मिला था एक!

(अनुवाद : सुभाष नीरव)

***

(6) बेटी का दहेज

1947 की बात है। पश्चिमी पंजाब की हवा मुसलमानों के दबदबे से भारी पड़ गई थी। इतनी भारी कि बेचारे अल्ला रखे के लिए उसमें सांस लेना भी कठिन हो गया था। अल्ला रखा मुसलमान नहीं था, केवल अपनी जान बचाने के लिए इस्लाम के घराने में चला गया था। फसादों में जब उसके और बहुत सारे पास-पड़ोसी मारे गये तो उसने मुसलमान बन जाने की विनती की। उन लोगों ने उसका नाम अल्लारखा रख दिया था, क्योंकि यदि अल्लाह उसको न रखता तो उसे भी मौत के घाट उतार दिया जाता।

जान बचा कर अल्ला रखे को अब अपनी जान संभालनी मुश्किल पड़ रखी थी। घेरे में बंद किसी जंगली हिरण की तरह उसका दिल उड़ता रहता था। धरती छोड़ कर वह जाये तो जाये कहां। सारे आदमी, घर, दीवारें और सड़कें उसको अपनी दुश्मन लगतीं। तपती भूमि पर चल रहे किसी आदमी की तरह उसका पैर कहीं जम कर नहीं पड़ता, और वह

चौकन्ना-चौकन्ना सा डोलता रहता। शहर आदमियों से भरा पड़ा था, पर वह किसी के साथ अपना मन नहीं मिला पा रहा था। कुछ आदमी खराब हैं तो कुछ अच्छे। पर कोई आदमी उसका अपना नहीं था। अपनी नई रोटी, नये कपड़े, अपनी अब वाली सूरत, और ऊब वाले साथी, उसे कुछ भी अच्छा नहीं लगता था। बस एक वह था और एक उसकी पत्नी। दोनों बैठकर वहां से निकल जाने की तरकीबें सोचते रहते। उन्हें अपने बच्चों से भी डर लगता था, कहीं घर में सुनी कोई बात बाहर उनके मुंह से निकल न जाये।

उन दिनों मैं पाकिस्तान में इस तरह के फंसे हुए लोगों को निकालने में लगा हुआ था। एक दिन उसने मुझे घूमते हुए देखा तो एक ओर कोने के लिए इशारा किया। मैं वहीं जा कर खड़ा रहा, पर वह न आया। वह मुझसे बातें करते हुए भी डरता था, शायद वहां खड़ा हुआ देखकर ही कोई गोली न मार दें। दो दिन के बाद वह फिर मिला। पूछने लगा तीन घंटों के बाद कहीं मिल सकते हो? मैंने कहा कोठी पर आ जाना। उसका मतलब साफ था। वह हिन्दुस्तान जाना चाहता था। तीन घंटों के बाद वह

कोठी पर आ गया। और हम कुछ फोजियों को लेकर एक ट्रक में बैठकर उसके घर की ओर चल दिये।

जब हम उसके मुहल्ले में पहुंचे तो उसे मेरे साथ बैठे देखकर लोगों को बहुत क्रोध आया। मेरे साथ बैठने का अर्थ वे तुरंत समझ गये कि वह पाकिस्तान छोड़ कर हिंदुस्तान जा रहा है। लोग इसे अपने साथ विश्वासघात समझते थे। आखिर अल्लाह रक्खा उन थोड़े से लोगों में था जो अपनी जबान पर इतबार किया जाने के कारण बच सके थे। उन्होंने उसे इसलिए तो नहीं छोड़ा था कि वह कुछ दिनों के बाद ट्रक में बैठकर हिन्दुस्तान चला जाये। उसका इस प्रकार बदलना उनका बहुत बड़ा अपमान था। उनके चेहरों पर क्रोध देख कर तो अल्लारखा का भी रंग उड़ गया था। उनकी त्योरियों से डरना उसका स्वभाव बन चुका था।

जो गली उसके मकान को आती थी वह कुछ तंग थी और उसमें मोटर नहीं जा सकती थी। ट्रक को सड़क पर खड़ी करके हम उसके घर गये। भीतर उसकी पत्नी डर से सिकुड़ी हुई बैठी थी। उसके डर का मैं अच्छी तरह अंदाज नहीं लगा सकता था। जितनी सस्ती मनुष्य की जान उसकी आंखों के

सामने होती रही थी, उतनी मेरी आंखों के आगे नहीं हुई थी। गली बाजारों में उसने जो मुर्दे देखे थे कुछ महीने पहले, उसके विचार में वैसी ही घटना उसके साथ भी हो सकती थी। मुझे पास डोलते देख कर उसे कुछ हौसला हुआ। उनका सामान बंधा पड़ा था और वे चलने के लिए तैयार थे। केवल एक छोटी लड़की की प्रतीक्षा थी जो स्कूल गई हुई थी। वह भी तभी आ गई।

'मम्मी सलाम आलेकुम।' उसने आ कर स्कूल में मिली शिक्षा के अनुसार कहा।

'नहीं बेटी, अब सत श्री अकाल कह। हम अब हिन्दुस्तान जा रहे हैं।' अल्लारखे की पत्नी ने उसका शुभ समाचार दे कर गोद में उठा लिया और फिर सीधे सामने देखकर जैसे उसके भविष्य में झांक कर देख लिया हो, कहा, 'अब तेरा विवाह वहीं करेंगे।'

सारे मुहल्ले में और आसपास के मुहल्लों में खबर फैल गई और लोग अल्लारखा को जाते हुए देखने के लिए इक्ट्ठे होने लगे। कुछ लोग गली की दीवार से सट कर खड़े हो गये। और कुछ दीवार पर चढ़ कर बैठ गये। कुछ और दीवार के पीछे से झांक रहे थे। और कई अपने कोठों और चौबारों पर से

देख रहे थे। गली में खड़ों में से कुछ के पास राइफलें भी थीं। और उनकी गर्दन में पड़ी गोलियों की लड़ियां चमक रही थीं। यदि ऐसे समय राइफलों का दिखावा न किया तो उनका लाभ क्या। सारा वातावरण काफी शरारत भरा और भयानक बना हुआ था।

अब सामान को ट्रक में रखने का काम होना था। किसी मजदूर या किसी पड़ोसी का हाथ लगवाने का प्रश्न ही नहीं था। मेरे सामान उठाने में मेरी अफसरी पर बात आती थी। और यदि फौजी सामान उठाने लग जाते तो हम सभी की जान को खतरा था। इसलिए इस काम के लिए अल्लारखा अकेला ही था। रजाइयां दुलाइयां उसने गठरी में बांध ली थीं। और बर्तन बोरियों में भर लिये थे। एक दो ट्रंक कपड़ों के थे। ज्यों-ज्यों अल्लारखा सामान के नग उठा-उठा कर ले जा रहा था, आसपास खड़े दर्शकों का क्रोध बढ़ता जा रहा था, कभी वे आपस में लड़ने लग जाते, 'तुमसे कहा था कि न कि इसको भी ठिकाने से लगा दो। अब बताओ?' एक आदमी दूसरे से कह रहा था।

'अरे अब मिटा देते हैं शक, अभी भी क्या बिगड़ा

है?' उनमें से एक ने उत्तर दिया।

इस प्रकार की बातें सुनकर मुझे भी डर लग रहा था। वह जगह इतनी तंग और खुली हुई थी कि बिना मारने वाले का पता लगे कहीं से भी गोली आ सकती थी। पर हम वहां से पूंछ दबा कर नहीं भाग सकते थे क्योंकि हमारे दौड़ने से उनके हौसले बढ़ सकते थे और उनका ज़ब्त टूटने का खतरा था। रूक रूक कर के सामान खत्म हुआ। आखिरी फेरे में उसकी पत्नी को भी मैं साथ ही ले आया। मेरी समझ में अब उनके बेकाबू होने के पहले हमारे पास केवल इतना समय ही था कि हम ट्रक में बैठ कर निकल जायें।

ट्रक में बैठने से पूर्व अल्लारखा की पत्नी ने सामान पर निगाह फेंकी। कुछ चीजें उनमें नहीं थीं।

'वह गागर और बटलोई नहीं लाये तुम।'

'वह काहे में बंधी हुई थीं?'

'बंधी तो नहीं थी, वे तो ऐसे ही रखी थीं।'

'वह नहीं आ सकतीं अब। जहां मकान और ऐसा ही और सामान रह गया है वहां वह भी रह जाने दे। बैठा जा चलें।'

अल्लारखा ने ठीक कहा, उन्हें लाना अब बहुत

खतरे वाला काम था। हमें जाते हुए देख कर लोगों को गुस्सा हद पर आ गया था। वे एक दूसरे से बढ़ बढ़ कर कड़वी बातें मुंह से निकाल रहे थे। और जब और कड़वी बात न सूझे तब लोग धक्के मुक्के या गोली पर भी आ सकते थे। हो सकता था कि हमें निकलता देख कर कुछ लोग बचीखुची चीजें उठाने के लिए घर में घुस गये हों और हमारे वापस जाने से डर जायें। डरा हुआ आदमी क्या नहीं कर सकता। पर अल्लारखा की पत्नी पर ये दलीलें कुछ असर नहीं कर रहीं थीं। उसका ध्यान किसी दूसरी और लगा हुआ था।

'वह गागर और बटलोई तो जरूर लानी है।' उसने अपनी बेटी की ओर फिर ट्रक में पड़े हुए थोड़े से सामान को देख कर कहा। वह अकेली वापस घर की ओर चल पड़ी। मैं भी पीछे गया क्योंकि मेरे साथ होने के कारण आसपास का लावा उबलने का खतरा कम होता था। अंदर जा कर उसने गागर बगल में दबा ली और बटलोई हाथ में लटका ली।

'इनको लेकर कहां कहां डोलती फिरोगी। कितने भारी तो है!' मैंने धीरे से झिड़की दी।

उठाने में भारी है तो क्या हुआ। मैं अपनी बेटी

को दहेज में क्या दूंगी?'

वापस आते हुए उसके पैर धरती पर मजबूती से पड़ रहे थे और चाल मजबूत थी। उसकी दृढ़ता का प्रभाव सभी पर पड़ रहा था। ट्रक में आ कर उसने बेटी को गोद में उठा लिया और ट्रक पर बैठ कर उसने एक लात गागर पर और एक बटलोई पर पसार दी।

(अनुवाद : घनश्याम रंजन)

***

www.ingramcontent.com/pod-product-compliance
Lightning Source LLC
LaVergne TN
LVHW050802051026
849532LV00008B/2946